AF370029

# VENTE

du Mardi 19 Mars 1907

## HOTEL DROUOT — SALLE N° 11

A 2 HEURES 1/4

EXPOSITION PUBLIQUE

Le Lundi 18 Mars 1907

DE 2 H. A 6 H.

# Curiosités et Tapis Anciens

## DE LA PERSE

### ÉTOFFES - BROCARTS - BRODERIES

Faïences, Armes, Aciers, Cuivres gravés

LAQUES - MANUSCRITS

Mᵉ Paul POPIN

COMMISSAIRE-PRISEUR

4, Rue Richer

M. Arthur BLOCHE

EXPERT PRÈS LA COUR D'APPEL

52, Rue de Châteaudun

IMPRIMERIE ARTISTIQUE
C. CHARDON
RUE MILTON 8<sup>te</sup>
PARIS

# CONDITIONS DE LA VENTE

La vente sera faite expressément au comptant.

Les acquéreurs paieront 10 o/o en sus des enchères.

L'exposition mettant le public à même de se rendre
compte de l'état des objets, il ne sera admis aucune récla-
mation une fois l'adjudication prononcée.

# DÉSIGNATION

---

## TAPIS

1 — Tapis de Khorassan, fond rouge, dessin polychrome.

Long. : 7$^m$10 ; Larg. : 2$^m$5o.

2 — Tapis de Ferahan, fond bleu foncé, dessin polychrome ; bordure fond rouge.

Long. : 5$^m$7o ; Larg. : 2$^m$1o.

3 — Tapis de Ferahan, fond bleu foncé, dessin polychrome ; bordure fond rouge.

Long. : 4$^m$2o ; Larg. : 2$^m$15.

4 — Tapis de Chiraz, fond bleu foncé, dessin lovouzi.

Long. : 4$^m$5o ; Larg. : 2$^m$4o.

5 — Tapis de Chiraz, fond bleu velouté, à petits dessins.

Long. : 2m40 ; Larg. : 1m25.

6 — Tapis de Sarabend, fond bleu, dessin à palmettes.

Long. : 2m65 ; Larg. : 1m15.

7 — Chemin du Kurdistan, dessin polychrome.

Long. : 2m15 ; Larg. : 0m95.

8 — Tapis de Hamadan, fond bleu, dessin polychrome avec angles.

Long. : 1m95 ; Larg. : 1m40.

9 — Tapis de Hamadan, fond bleu, dessin à palmettes.

Long. : 1m90 ; Larg. : 1m15.

10 — Tapis de prière du Beloudchistan.

11 — Tapis de prière de Chiraz.

12 — Tapis de prière de Boukhara.

13 — Tapis de prière du Beloudchistan.

14 — Tapis de prière du Beloudchistan à fond chamois.

15 — Tapis de prière du Beloudchistan.

16 — Tapis du Kurdistan, fond bleu foncé, dessin polychrome ; bordure fond blanc.

Long. : 2m15; Larg. : 1m10.

17 — Tapis de Chiraz, fond grenat, dessin à palmettes avec angles.

Long. : 2m05; Larg. : 1m25.

18 — Tapis du Kurdistan, fond rouge, dessin à rosaces.

Long. : 2m55; Larg. : 1m12.

19 — Tapis de Khorassan, fond rose, avec médaillons et angles.

Long. : 2m25; Larg. : 1m45.

20 — Tapis de prière, fond chamois.

21 — Tapis de Sarabend, fond rose velouté, dessin à palmettes.

Long. : 1m70; Larg. : 1 m.

22 — Tapis de prière fond chamois.

Long. : 1m50; Larg. : 0m90.

23 — Tapis du Kurdistan, fond bleu foncé, dessin à palmettes.

Long.: 2ᵐ35; Larg. : 1 m.

24 — Tapis du Kurdistan, fond bleu foncé, dessin à arbustes et rosaces.

Long. : 2ᵐ70; Larg. : 1ᵐ25.

25 — Tapis du Kurdistan, fond rose, dessin à palmettes.

Long. : 1ᵐ90; Larg. : 1ᵐ10.

26 — Tapis de Hamadan, fond bleu foncé, dessin à palmettes, bordure fond chamois.

Long. : 2ᵐ45; Larg. : 1ᵐ05.

27 — Tapis de Hamadan, fond gris, dessin à palmettes; bordure fond blanc.

Long. : 2 m.; Larg. : 1 m.

28 — Tapis de Hamadan, fond bleu foncé, dessin à palmettes.

Long. : 2ᵐ35; Larg. : 1 m.

29 — Tapis du Kurdistan, fond gris, dessin à rosaces.

Long. : 1ᵐ75; Larg. : 1ᵐ15.

3o — Tapis de même provenance et de même dessin.

Long. : 1<sup>m</sup>70 ; Larg. : 1<sup>m</sup>o5.

31 — Tapis de prière de Ferahan, fond crème, dessin à feuillages et rosaces avec médaillon.

32 — Tapis de prière de Ferahan, dessin polychrome ; bordure fond blanc.

33 — Tapis de prière Sineh, fond bleu, dessin à palmettes.

34 — Tapis de prière Kirman, fond crème, dessin Mehrabi à feuillages, arbre et rosace.

35 — Tapis à double face, dessin à palmettes.

36 — Tapis à double face avec médaillon et angles.

37 — Tapis de prière de Ferahan, dessin velouté à palmettes, avec médaillon et angles.

38 — Tapis de prière Djovsheghan, fond bleu, dessin à rosaces avec angles et médaillon.

3g — Tapis de Sarabend. fond bleu, dessin à palmettes avec angles; bordure fond blanc.

Long. : 4 m.; Larg. : 1ᵐ75.

40 — Tapis de Sarabend, fond bleu, dessin à palmettes.

Long. : 2ᵐ80; Larg. : 1ᵐ40.

41 — Tapis de soie, fond blanc, dessin polychrome avec médaillon et angles.

42 — Tapis de soie, fond rouge cerise avec médaillon et angles ; bordure fond crème.

43 — Chemin fond bleu velouté, dessin topouzi.

Long. : 4ᵐ30 ; Larg. : 1 m.

44 — Chemin de même provenance.

Long. : 4ᵐ05 ; Larg. : 1 m.

45 — Tapis de Hamadan avec médaillon et angles.

Long. : 4 m.; Larg. : 1ᵐ80.

46 — Tapis de Ferahan, fond bleu foncé, dessin
polychrome avec angles.

Long. : 2ᵐ95 ; Larg. : 1ᵐ5o.

47 — Bande en tapis turcoman.

48 — Bande en tapis turcoman.

# ÉTOFFES

49 — Trois gilets persans finement brodés.

5o — Deux panneaux en broderie de soie blanche
sur fond ajouré.

51 — Deux anciens tapis de prière même travail.

52 — Deux petits napperons en broderie de soie
blanche.

53 — Vingt-quatre serviettes à thé même travail.

54 — Petit napperon et serviette en broderie de
soie blanche et polychrome.

55 — Coupe de brocart jaune d'or, dessin à palmes.

56 — Panneau de brocart semis de fleurs, bordure fond rouge.

57 — Panneau broché à palmes sur fond rouge, bordure fond bleu.

58 — Morceau de brocart fond gros bleu, dessin à palmes.

59 — Morceau de brocart fond jaune, dessin à palmes.

60 — Coupe satin violet broché d'or.

61 — Deux pièces satin rouge. dessin jaune.

62 — Deux petits tapis ronds, fond violet et fond jaune brochés métallique.

63 — Fichu à rayures multicolores.

64 — Petit tapis en filet brodé sur fond rouge.

65 — Dessus de coussin en velours de Scutari.

66 — Trois petits tapis en broderie polychrome à fleurs sur fond noir.

67 — Quinze panneaux et tapis de différentes formes en toile imprimée.

68 — Deux bonnets et deux paires de bas en broderie.

## ARMES, CUIVRES, FERS

69 — Trois poignards avec lames et garnitures incrustées d'or.

70 — Trois couteaux à lames de damas incrustées d'or.

71 — Hache en acier gravé et damasquiné.

72 — Hache incrustée d'or, poignée laquée.

73 — Deux poudrières en cuivre et en fer incrustés.

74 — Trois porte-allumettes en acier, émail et cuivre ouvré.

75 — Deux porte-allumettes ornés de turquoises.

76 — Deux coupes en cuivre gravé.

## FAIENCES DE PERSE

77 — Trois vases en faïence à couverte irisée.

78 — Trois coupes à couverte irisée, décor varié.

79 — Deux lampes et trois petits vases à couverte irisée.

80 — Deux grands vases forme ovoïdes dont un à couverte irisée et l'autre ton vert..

81 — Vase ancien fond blanc à décor bleu, semis de fleurs et arabesques.

82 — Vase ancien fond blanc à décor bleu par bandes.

83 — Vase ancien fond craquelé, décor bleu.

84 — Vase ancien décor en bleu sur gris.

85 — Deux vases anciens, décor par bandes en
bleu sur gris.

86 — Quatre vases anciens fond vert et gris,
décor bleu et noir.

87 — Huit pièces vases et jardinières anciens à
décors variés.

88 — Plat décor par compartiments en bleu sur
blanc.

89 — Coupe ronde à reflets métalliques et bleus à
inscriptions.

90 — Trois pièces plats et assiettes, décors variés.

91 — Coupe ancienne décor à lambrequins et
feuillage.

92 — Deux coupes et un vase ancien. décor en
bleu.

93 — Cinq compotiers et une assiette, décor à
fleurs.

94 — Deux vases et une gourde, décor à reflets
métalliques et en jaune d'ocre.

95 — Deux plaques forme étoiles, décor à reflets métalliques.

96 — Quatre plaques forme carrée, décor et ornements à reflets métalliques.

97 — Deux plaques forme croix et étoile, décor ornements et reflets métalliques.

98 — Deux plaques carrées, décor en relief, à reflets métalliques.

99 — Plaque rectangulaire à reflets métalliques.

100 — Grande plaque, décor à scène familiale.

# MANUSCRITS, LAQUES

## OBJETS DIVERS

101 — Trois manuscrits dont un Coran.

102 — Deux reliures laque et un miroir bois sculpté.

103 — Deux écritoires en laque.

104 — Deux lots de monnaies argent.

105 — Douze bagues ornées de pierreries.

106 — Six cachets en pierre gravée.

107 — Quatre miniatures et un jeu de cartes persan.

108 — Coffret en velours rouge brodé d'argent.

109 — Coffret en incrustation dite mosaïque.

110 — Deux miroirs de même travail.

111 — Guéridon travail dit mosaïque.

112 — Trois cadres même travail.

113 — Presse-papier forme paon en acier incrusté.

114 — Objets omis.

www.ingramcontent.com/pod-product-compliance
Lightning Source LLC
LaVergne TN
LVHW010815180726
843502LV00009B/3337

9 782329 580364